트로이메라이

Traumerei

무라야마 사키 지음 + 게미 일러스트
이희정 옮김

소미미디어
Somy Media

목차

수록 작품 발표 지면

트로이메라이:『우산이 날아오른 날』이야기 피스워크 제4권, 신닛폰출판사, 2007
벗나무 밑에서:『일본아동문학』2월호, 일본아동문학자협회, 2010
가을 축제: 신작

트로이메라이

Traumerei

하늘이 거의 은색으로 보일 정도로 화창했다. 들이마시는 공기는 타오를 듯이 뜨거웠다. 고개를 숙였다가는 그대로 푹 고꾸라질 것 같아서 억지로 몸을 세우고 걸었다.

팔에 찬 휴대 전화를 보니, 오늘 기온은 36도. 액정 화면 안에서 공원 화단에 핀 해바라기가 한들거렸다. 화면에 문구가 흘러갔다.

'봄이 왔어요. 역 앞 공원에 해바라기가 활짝 폈습니다. 해바라기는 몇십 년 전까지만 해도 여름에 피는 꽃이었지만 기후가 바뀐 지금은 봄소식을 전하는 꽃이 되었어요.'

이마에서 흘러내린 땀이 눈에 들어가 따가웠다. 책가방에 든 교과서와 노트, 필통이 무거웠다. 학교에서 집까지 가는 길이 이렇게 멀었던가?

이럴 때면 도서관에서 읽은 옛날이야기에 나오는 마법

　　　　　트로이메라이

사처럼 마법을 쓸 수 있으면 참 좋겠다는 생각이 든다. 지팡이만 한 번 휘둘러서 이 마을을 시원하게 만들 수 있을 텐데. 옛날 일본 정도로 시원하게.

나는 더위에 무척 약하다. 내가 아직 아기였을 때 돌아가신 엄마처럼.

일본과 세상의 많은 사람이 엄마처럼 오늘날 지구의 더위를 이기지 못하고 여름이 올 때마다 목숨을 잃는다고 한다. 여름은 죽음의 계절이다. 세계 인구는 2000년 무렵의 절반 정도로 줄어들었다고 학교에서 배웠다.

잿빛 도로를 자동차가 끊임없이 지나갔다. 멀리서 마을의 고층 빌딩 유리창이 빛났다. 신기루 같은 물웅덩이가 보였다. 길을 지나가는 사람은 하나같이 말이 없어서 모두 이야기 속에 나오는 사막 세계를 여행하는 것 같다는 생각이 들었다.

트로이메라이

　4년 전, 1학년 봄에 있었던 일이 문득 떠올랐다. 그날도 오늘처럼 무더웠다. 학교에서 돌아가는 길이었다. 새로 산 책가방은 크고 무겁고, 하늘은 너무 뜨거워서 나는 비틀거리다 도로에 그대로 쓰러질 뻔했다.

　나를 걱정해 데리러 나와 준, 당시 고등학생이던 시로 오빠가 달려와 몸을 날렸다. 시로 오빠는 나를 도로에서 밀쳐내고 대신 자동차에 치여…….

　나는 토할 것 같아서 몸을 숙였다. 그런데 그때 다정한 손이 어깨를 감싸며 인사했다.

　『학교는 재미있었어요? 데리러 왔어요.』

　그 사람은 몸을 숙여 내 책가방을 가만히 벗겨 대신 들어주었다.

　『마나미, 괜찮아요?』

　시로였다. 세상을 떠난 오빠와 똑같은 얼굴과 똑같은

이름을 가진 로봇. 외모는 인간과 완전히 똑같고 마음도 있지만 죽지도 않으며 나이도 먹지 않는다. 인구가 줄어든 대신 세계에는 로봇의 숫자가 늘어났다. 일하는 로봇이 대부분이지만, 시로처럼 떠나간 가족 대신 집에 있는 로봇도 많았다. 아마 지금도 거리를 지나가는 사람들 중에는 로봇이 섞여 있을 것이다. 사람과 구분이 가지 않을 만큼 정교하게 만들어진 로봇들이.

　다정하고 서늘한 손이 이마에 닿았다.

　『열이 나는 것 같아요. 걸을 수 있겠어요?』

　나는 고개를 끄덕이고 걸음을 옮기려고 했다. 시로는 내 손을 잡고, 오빠가 해주던 것처럼 살짝 끌면서 걸었다. 시로 오빠는 언제나 엄마를 닮아 몸이 약한 나를 걱정하며 중간까지 데리러 와 주었다.

　가족을 대신하는 로봇들은 세상을 떠난 가족과 똑같은

　트로이메라이

표정으로 웃고 행동하도록 프로그래밍 되어 있다. 그렇게 만들어졌기 때문에 그렇게 행동할 뿐인 줄은 나도 안다. 하지만, 그래도 시로의 다정한 손길은 시로 오빠와 똑같았고, 조금 걱정스러운 표정으로 짓는 미소도 오빠와 똑같았다. 4년 전 봄까지 곁에 있던 오빠와 똑같았다.

시로의 눈이 다정하게 깜빡거렸다.

『왜 그래요? 어디 아파요?』

나는 고개를 가로저었다. 안심한 듯이 걸음을 옮기는 시로의 손을 꼭 움켜쥐었다.

나는 역 근처에, 아파트가 즐비한 곳에 산다. 고층 아파트가 늘어선 모습은 그림책에서 본 사막의 개밋둑 같다.

평소와 다름없이 유리문 안으로 들어갔다. 그제야 살 것처럼 시원했다. 우편함 앞에는 한발 먼저 돌아왔는지,

트로이메라이

옆집에 사는 히로시가 있었다. 히로시의 손에는 읽다 만 책이 들려 있었다. 오늘은 역사책 같았다.

"아."

히로시는 나를 알아채고 소리를 냈다. 안경 너머의 눈이 깜빡였다.

히로시는 언제나 책을 읽고 있다. 학교에 있을 때도, 길을 걸을 때도. 활자나 지식과 대화하는 것이 너무 소중해서 한시라도 눈을 뗄 수 없다는 느낌이라 우리 반 애들 쪽은 거의 쳐다보지도 않는다.

그래서 반 아이들은 히로시가 무슨 생각을 하는지 모르겠다고들 한다. 하지만 나도 책을 좋아하기 때문에 히로시의 마음을 조금은 알 것 같은 기분이 들었다.

"오늘도 너무 더웠지? 꼭 사막처럼."

나는 히로시에게 말을 걸었다. 딱히 대답은 돌아오지

않았다. 그래도 엘리베이터에 같이 탈 때 히로시의 손은 열림 버튼을 꾹 누르고 있었다.

"고마워."

히로시의 입매가 살짝 풀어졌다.

히로시의 아버지는 대학교 교수로 별난 사람이라고 했다. '괴짜 과학자'라고. 공학부 연구실에서 타임머신을 만드는 연구를 한다는 소문도 있었다. 그런 것을 연구하는 사이에 '머리가 이상해졌다'는 잔인한 소문이었다.

히로시의 아버지는 집에는 잘 들어오지 않는 모양인지 나는 거의 본 적이 없었다. 특히 최근에는 줄곧 대학교 연구실에 틀어박혀 무언가 하는 모양이라고 했다. 아파트 공동 현관에서 같은 아파트에 사는 사람들이 그런 소문을 수군거렸다.

엘리베이터 문이 열렸다. 히로시는 내가 먼저 내리기

를 기다렸다가 조금 카랑한 목소리로 빠르게 말했다.

"……우리 동네의 내일 최고 기온은 34도래. 오늘보다 2도 낮아. 오후에는 바람도 불 거야."

그 말만 하고 다시 책에 얼굴을 파묻고 자기 집 현관문으로 향했다. 초인종을 누르자 바로 문이 열리고 꽃 같은 환한 미소가 히로시를 맞아주었다.

『이제 와요, 히로시?』

마리코다. 옛날에 돌아가신 히로시의 엄마를 대신하는 로봇이었다. 마리코는 나를 알아차리곤, 생긋 웃으며 『이제 와요?』 하고 인사했다. 올려다보는 히로시의 눈매에 다정함이 번지는 것이 보였다.

마리코는 커다란 눈을 깜빡이고는 갑자기 손을 탁 치더니 집 안으로 달려갔다. 나에게 귀여운 꾸러미를 내밀었다.

트로이메라이

『단골 가게에서 허브티를 싸게 팔더라고요. 괜찮으면 마셔 봐요. 카모마일 티예요. 소라타 씨에게 벌꿀을 넣고 아이스티를 만들어 달라고 해서 마셔요. 향이 달콤해서 마음이 편해질 거예요.』

나는 고맙다고 인사하고 받았다. '단골 가게'는 생전에 히로시네 엄마가 늘 다니던 가게다. 마리코는 모델이 된, 세상을 떠난 사람과 똑같이 행동을 모방해, 그 사람이 할 만한 행동을 응용해 움직일 뿐이다. 안다. 하지만 나는 마리코의 다정한 표정을 올려다보고 웃으며 고맙다고 인사했다.

히로시의 뒷모습에 대고 잘 가라고 인사하고, 우리 집 초인종을 누르려는데 그 전에 안에서 누군가가 문을 열고 나왔다. 두 발로 선 삽살개 형태의 로봇. 허리에는 낡

은 앞치마.

"다녀왔어, 소라타."

삽살개는 싱긋, 서툴게 웃었다.

『어, 어어서 우와, 마나아미.』

소라타는 구식 로봇이라 시로처럼 매끄럽게 말하지 못
한다. 아빠가 대학교에 다닐 때 아르바이트해서 산 당시
의 중고 로봇을 자기 손으로 몇 번이나 개조하고 개량해
지금의 모습과 기능을 만들어 냈다.

내 머리를 쓰다듬는 소라타의 손은 언제나 부드럽고
따뜻했다. 내가 태어나기 전부터 이 집에 있었던 소라타.
아빠의 오랜 친구. 갓난아기인 나를 안고 있는 사진도 남
아 있다. 엄마가 세상을 떠난 뒤에는 엄마 대신 나와 오
빠를 키워 주었다.

『오느을도 드어웠지? 선물 받은 카모마일 티 마실래?

마시고 저녁까지 조그음 자. 저녁에는 차조기 냉파스타 만들어 줄게에.』

　방에서 잔에 든 차가운 차를 마시는 사이에 졸음이 쏟아졌다. 침대에 누워 눈을 감아 보았지만 어쩐지 잠이 오지 않아 난감해 하자 시로가 곁에서 조용히 음악을 연주해 주었다. '트로이메라이'였다.

　시로의 팔이 허공을 쓸고 손가락 끝이 보이지 않는 현을 튕기면 소리가 들린다. 시로의 몸 안에는 테레민이 내장되어 있다. 손과 손끝의 움직임만으로 음악이 생겨난다.

　세상을 떠난 시로 오빠는 음악을 좋아했다. 언젠가 전자 악기 테레민을 만들어 연주해보고 싶다고 했다. 아빠는 우리 집에 온 시로의 몸에 테레민을 장치하고 언제든

Traumerei
©2019 Saki Murayama
©2019 Gemi
Originally published in Japan in 2019
 by RITTORSHA, Tokyo

지 연주할 수 있도록 했다. 아빠는 로봇 회사 기술자고 시로는 아빠 회사인 이너차일드사의 제품이므로 아빠에 게는 간단한 작업이었다.

테레민은 천사의 노랫소리처럼 부드럽다. 방 전체가 악기가 된 것처럼 소리가 울리고 빛이 가득 차오르듯이 방 안의 공기가 부드러워졌다. 더위도 피로도 나른함도 다 잊을 수 있을 만큼.

나는 눈을 감고 잠을 청하며 조금 전에 본 히로시의 웃 는 얼굴을 떠올렸다.

히로시네 엄마도 몸이 약했다. 히로시가 어릴 때 돌아 가셨고, 그 뒤로 히로시의 아빠는 연구에만 몰두하는 이 상한 사람으로 변했다고 한다. 운명을 바꾸기 위해, 부인 을 되살리기 위해 타임머신을 만든다고 한다.

반 아이들은 "그래 봐야 불가능한데" 하고 비웃었지만

나는 웃을 수 없었다.

왜냐하면 나 역시 타임머신이 있다면 4년 전으로 돌아가 오빠를 구하고 싶기 때문이다.

그리고 타임머신은 정말로 불가능한 걸까? 그런 소설 속에나 나오는 기계가 가능할 리 없다고 다들 비웃지만, 그렇다면 로봇들은 어떨까?

시로도 소라타도 내 눈에는 만든 것으로는 보이지 않는다. 몇십 년 전, 로봇이 이처럼 진화하기 전 시대에 살았던 사람들이 그들을 본다면 틀림없이 마법 같다고, 소설 속에나 나오는 존재 같다고 감탄할 것이다. 이런 것도 만들 수 있으니 인간은 노력하면 타임머신도 만들 수 있지 않을까?

아빠가 나에게 이런 말을 했었다.

"옛날 옛날에 신은 강한 이빨도 손톱도 날개도 없는 인

간에게 그 대신 지혜와 언어를 주셨어. 이 힘으로 행복해지라고, 행복한 세상을 만들라고 하셨다는, 그런 전설이 어떤 나라에 있어. 아빠는 말이야, 기술자로서, 그 옛날 어딘가의 신의 말씀대로 세상을 행복하게 만들기 위해 노력할 거야. 아빠 같은 사람은 많이 있어. 그러니까 틀림없이 인간 세상은 점점 더 행복해질 거라고 아빠는 믿는단다."

나도 그렇게 생각한다. 시로가 연주하는 음색을 들으며 나는 가만히 잠에 빠졌다.

머나먼 사막 나라에서 전쟁이 시작되었다.

일본도 다른 나라와 함께 그 나라로 가서 전쟁을 하게 되었다. 어째서 전쟁을 하게 되었는지, 왜 일본이 싸우러 가게 되었는지는 텔레비전 뉴스에서 설명해 주었지만 나

트로이메라이

는 너무 어려워서 이해가 잘 되지 않았다. 아빠에게 물어
봤더니,

"논리적으로 맞지 않는 전쟁이라 아빠도 왜 그렇게 됐
는지 잘 모르겠구나. 어른도 모르는데 어린애가 알 수 있
을 리가 없지.

……아니, 어느 시대든 논리적으로 들어맞는 전쟁은
어디에도 없겠지만."

아련한 눈길로 그렇게 말했다.

옛날, 아주 오랜 옛날에 큰 전쟁이 몇 번씩 일어났을
때, 온 세계의 아빠와 오빠들이 세계 곳곳에서 싸웠다고
한다. 하지만 지금 시대에는 인간 대신 로봇들이 전쟁터
로 나가서 싸우게 되었다.

로봇은 인간보다 튼튼하고 독가스나 방사능도 견딜 수

트로이메라이

있다. 완전히 부서질 때까지 계속 싸울 수 있다. 무엇보다 로봇은 인간이 아니라 죽지 않으니 부서져도 상관없다고 한다. ……그런 것은 학교에서 이미 배웠다. 하지만 나는 정말로 무슨 뜻인지 생각해본 적이 없었다.

로봇이 전쟁터로 나간다는 말은 일본의 집집마다 있는 로봇들이 전쟁터로 나간다는 뜻이었다. 우리 집에서는 시로와 소라타가 전쟁터로 나가게 되었다. 전쟁을 위한 용도로 개발된 로봇들도 있지만 그런 로봇들은 아주 비싸고 숫자도 적었다. 그 로봇들만으로는 전쟁을 할 수 없으니 일반 가정에 있는 로봇들도 전쟁에 내보내야 한다고 한다. 공출, 이라고 표현한다고 한다. 공출된 로봇들은 옛날 시대에 인간용으로 만들어진 무기와 병기를 사용해 싸우게 된다고 했다.

그리고 인간이지만 아빠도 나가게 되었다. 어느 날, 회

트로이메라이

사에서 돌아와 부엌에서 나를 불러 세우고 그렇게 말했다. 먼 전쟁터에서 싸우는 로봇들의 유지보수와 수리를 위해 회사의 다른 기술자들과 함께 가게 되었다고.

밝고 가볍게, 가까운 곳에 출장 가는 느낌으로 이야기하면서도 아빠는 나와 눈을 맞추려고 하지 않았다. 그 곁에서 소라타가 말없이 서 있었다. 아빠의 손은 소라타의 가슴께, 낡은 인형 같은 털을 쓰다듬고 있었다. 거칠고 세게 계속 쓰다듬었다.

"그러니까 마나미, 마나미는 혼자서 집을 봐야 하겠지만 걱정하지 않아도 돼. 이런 다 낡은 소라타와 달리 제대로 된 프로 가정부가 마나미를 돌봐주러 오시기로 했으니까…… 조금 외로울지는 몰라도 괜찮을 거야……."

문득 소라타의 크고 복슬복슬한 양손이 아빠의 머리를 감쌌다. 뒤에서 감싸 안듯이 둘렀다. 아빠는 한동안 말없

이 그 커다란 양손에 얼굴을 묻고 있었다. 이윽고 손 뒤에서 웃는 얼굴을 반짝 들고 나에게 말했다.

"사막에서 동영상을 보낼게. 예쁜 하늘과 꽃과 별과, 그리고 사막 나라에 사는 아이들과 외국 로봇들의 동영상과 사진을 메일로 보낼게. 틀림없이 무척 근사할 거야."

아빠의 눈은 촉촉하고 빨갰다. 그래도 웃고 있었다. 뒤에서 시로가 내 어깨에 가만히 손을 올렸다. 나는 애써 눈물을 참았다. 아빠의 눈이 '가고 싶지 않다'고 외치는 걸 알았기 때문이다. 그래서 나도 울지 않았다. 하다못해 걱정 끼치고 싶지는 않았으니까. 왜냐하면 어른이 울어도 어떻게 안 되는 일은 내가 여기서 울어도, 싫다고 떼를 써도 바꿀 수 없음을 분명히 알기 때문이다.

나는 아빠에게 웃으며 말했다.

"착하게 잘 있을 테니까 약속 꼭 지켜. 사막 나라에서

돌아올 때는 선물 많이 사와야 해?"

아빠는 전쟁을 하러 간다. 시로도 소라타도 사막의 나라로 간다. 모두 집에서 떠나간다.

'내가 마법사라면 좋을 텐데'

전쟁 같은 건 못하게 하는 마법을 쓸 수 있다면 좋을텐데, 하고 생각했다.

아빠 외에도 로봇들을 전쟁터에서 지휘하는 군 관계자들, 정보와 전기 관련 일을 하는 사람들도 전쟁터로 나간다. 그리고 전쟁터로 나가는 사람들의 목숨과 생활을 보호하기 위해 의료 관계자들을 비롯한 많은 직종의 사람들, 전쟁에 필요한 온갖 물자를 수송하는 일을 하는 사람들도 사막 나라로 가게 되었다.

우리 반에도 나 말고도 아빠나 엄마나 형제가 전쟁터로

나가는 애들이 있었고, 그런 애들은 표정이 어두웠다.

일본 로봇이 외국의 전쟁터에 본격적으로 파견되는 것은 이번이 처음이었다. 반 아이들은 자기 집 로봇이 전쟁터로 나가게 되었는데도 어쩐지 신나고, 밝고, 두근두근하는 것처럼 보였다.

"일본 로봇은 우수해. 연합군 중 어느 나라의 로봇에도 지지 않을 거야. 고성능을 증명할 좋은 기회야."

"있잖아, 우리 집 토니오는 누구보다도 눈부시게 활약하고 오겠다고 나한테 약속했어."

"우리 집 호크는 세상에서 제일 강하니까 틀림없이 적군 로봇을 모조리 무찌르고 갈가리 찢을 거야. 나쁜 놈들은 모조리 찢어 놓을 거야."

나는 귀를 틀어막고 싶었다. 갈가리 찢기는 것은 로봇들이다. '적군', '나쁜 나라' 로봇이라도.

전쟁이 시작되기 전에 아빠가 말했었다.

"사막의 그 나라에는 아빠가 다니는 이너차일드사의 로봇이 많이 수출됐어. 그곳에는 시로의 형제가 많이 살고 있는 셈이지."

시로는 사막 나라에서 시로의 형제와 싸워야 한다. 망가지고 너덜너덜해져서 움직이지 못하게 될 때까지.

시로는 전쟁을 하러 간다. 학교에서 돌아오는 내 손을 잡아끌어주던 시로의 다정한 손이 무기를 쥔다. 같은 회사 공장에서 태어난 형제를 갈기갈기 찢는다. 어쩌면 반대로 음악을 연주하는 다정한 몸이 총기나 미사일에 부서질지도 모른다.

나는 이야기책에서 읽은 옛날의 전쟁을 상상했다. 어떤 책에서 본 사진을 떠올렸다. 군인들이 죽어 있는 사진. 부서진 거리의 사진.

　소라타의 털 결은 사막의 모래에 엉망이 될 것이다. 구식이라 아장아장 겨우 걷는 소라타는 맨 먼저 쓰러져 부서질지도 모른다. 소라타가 잘하는 건 요리와 빨래, 자장가를 부르는 건데.

　문득 히로시와 눈이 마주쳤다. 히로시는 자기 팔을 감싸 안듯이 나를 보고 있었다. 똑같은 생각을 하고 있구나, 하고 알았다. 히로시네 집에서는 마리코가 전쟁터로 나간다.

　반 친구가 작게 말하는 목소리가 들렸다.

　"……그래도 사실 전쟁은 싫어."

　"나도."

　누군가가 가만히 대답했다.

　"우리 형이 그랬어. 채소랑 고기도 다 비싸졌다고. 앞으로 더 비싸질 거래. 일본과 외국의 다양한 기관과 기업

이 전쟁 때문에 앞으로 식료품이 부족해질지도 모르니까 미리 쌓아두려고 여기저기서 많이 사들여서 그렇대. 나중에 비싸게 되팔려고 그러는 사람들도 있대.

　그래서 우리 같은 사람들이 먹을 식료품이 줄어들고 비싸진대. 먹는 거뿐만이 아니라 앞으로 온갖 것들이 비싸지고 줄어들 거래."

　"전쟁은 진짜 싫어. 있잖아, 요즘 인터넷에서 반전을 외치는 사람들도 있잖아? 어느 나라의 누구인지는 모르지만 언니가 일본인이 아닐까 하는 소문이 있다고 했어⋯⋯."

　"쉿."

　누군가의 목소리가 단호하게 말했다.

　"조용히 해. 전쟁을 반대한다든가 하는 말은 하면 안 돼."

　"왜?"

　"당연히 전쟁을 반대하던 사람들은 어떤 무서운 사람들한테 잡혀서 어딘가로 끌려가니까 그렇지. 그런 소문 못 들었어?"

　"그게 진짜야? 너무 거짓말 같지 않아?"

　"친구의 친구네 집 엄마가 전쟁에 반대했더니 얼마 전에 갑자기 사라졌대."

　"진짜? 누가 데려가는데? 어디로?"

　"나야 모르지. ——그치만 아마……."

　나는 귀를 기울였다.

　하지만 그때 선생님이 오는 바람에 반 친구들은 조용히 입을 다물고 말았다.

　로봇들이 사막 나라로 가는 날이 점점 다가왔다. 일본 곳곳의 커다란 항구에 모여 거기서 배를 타고 간다고

트로이메라이

했다.

　그러던 어느 날 밤, 시로가 나에게 작은 상자를 주었다. 플라스틱 상자에 예쁜 꽃무늬가 조각된 오르골. 직접 만든 오르골이었다. 시로 오빠가 어릴 때 내 생일날에 이런 오르골을 만들어준 적이 있다.

　『'트로이메라이'예요. 아빠나 나나 소라타가 없는 밤에도 마나미가 잘 잘 수 있도록 만들었어요.』

　오르골은 투명한 음색으로, 시로가 언제나 테레민으로 연주해주는 곡이 담겨 있었다.

　돌아가신 엄마가 언제나 자장가 대신 불러줬다는 곡이다. 오빠가 기억하고 소라타도 기억하고, 갓난아기였던 나를 달래기 위해 불러 주었던 멜로디.

　오빠가 세상을 떠난 뒤에는 시로가 연주해준 조용한 파도 소리 같은 아름다운 곡. 이 곡을 듣고 있으면 한여

름에 아무리 몸이 안 좋을 때도 금방 잠이 들었다.

나는 시로의 몸을 끌어안았다. 참았던 눈물이 터져 나왔다.

"시로. 부탁이야. 전쟁하러 가지 마. 가면 안 돼. 죽을지도 몰라."

시로는 나를 가만히 안아 주었다. 따뜻하고 부드러운 몸에서는 만들어진 심장의 느긋한 고동 소리가 들렸다.

"오빠, 더는 죽으면 안 돼, 오빠."

『괜찮아요.』

다정한 목소리가 말했다.

『나는 죽지 않는 걸요.』

"정말?"

『그럼요. 로봇은 거짓말을 하지 않아요.』

시로는 생긋 웃었다.

나는 안심했다. 조금 진정하고 눈물을 닦았다.

하지만 생각해 보면 시로의 말은 너무나 로봇 같았다.

그렇다. 로봇은 '죽지 않는다'. 생명이 없으므로 고장 나서 망가질 뿐이다.

나는 시로를 올려다보았다.

웃고 있는 시로의 뺨에는 눈물이 흐르고 있었다. 조용히, 흘러내렸다.

시로와 소라타는 내가 학교에 간 사이에 떠났다. 커다란 트럭이 데리러 와서, 근처에 사는 로봇은 다 같이 그것에 실려 갔다고 한다.

그리고 아빠도 손을 흔들며 전쟁을 하러 갔다.

대신하듯이 집에 온 가정부는 좋은 사람이었지만, 그래도 나는 밤이면 오르골만 들었다.

　그러던 어느 날 저녁, 나는 히로시네 집으로 갔다. 그
날 히로시가 학교를 쉬었기 때문이다. 지금까지 한 번도
그런 적이 없어서 걱정이 되었다.

　휑뎅그렁한 방 안에서, 히로시는 혼자서 바닥에 무릎
을 끌어안고 웅크리고 있었다.

　"아빠가 끌려갔어……."

　부엌 싱크대에는 알루미늄 냄비와 밥그릇이 설거지도
되지 않은 채 방치되어 있었다.

　히로시는 바닥에 앉은 채 띄엄띄엄 이야기했다.

　히로시의 아빠는 인터넷으로 온 세계 사람들에게 계속
해서 반전 메시지를 보냈다고 한다. 이번 사막 나라에서
일어난 전쟁에 반대하자고. 자신의 지혜와 지식을 활용
해 수수께끼 인물로서 세계에 반전과 평화를 호소했다고
한다.

　"어젯밤에 오랜만에 집에 돌아온 아빠가 우동을 끓여 주면서 말해 줬어. 아빠가 요즘 하는 일이 뭔지. 비밀이라고 웃으면서.

　아빠는 목숨을 소중히 다뤄야 한다고 했어. 그건 인간이든 로봇이든 똑같다고. 파괴하는 건 나쁜 짓이라고. 역사 속에서 지금까지 몇 번이나 전쟁이 있어왔어. 나라와 나라 사이의 관계가 악화됐을 때 어느 한쪽이, 또는 양쪽 다 억지로 자기 의견을 강요하려고 할 때 전쟁이 일어나.

　하지만 언제, 어느 때나 전쟁은 하면 안 돼. 왜냐하면 인간은 대화하기 위한 언어와 지혜와 철학을 갖고 있으니까. 죽이고 파괴하는 건 인간의 문명을 부정하는 짓이야. 그리고 서로의 문화를 파괴하는 짓이야.

　히로시, 목숨은 소중히 지켜야 해, 라고……."

　히로시의 눈에 눈물이 고였다. 잠옷을 입은 무릎에 얼굴을 문질렀다. 고요한 방 안에는 옛날에 돌아가신 엄마의 사진과, 그리고 어린 히로시를 안은 마리코의 사진이 나란히, 소중하게 장식되어 있었다.

　"우동을 다 먹고, 목욕을 하고서 설거지는 내일 하고 그냥 자자는 이야기를 하고 있을 때 모르는 사람들이 왔어. 아빠한테 물어볼 게 있다며. 아빠는 잠옷 바람이었는데. 책이랑 노트북이랑, 집에 있던 온갖 것들을 다 가지고 갔어."

　나는 무서워서 떨었다. 학교에서 누군가가 이야기했던 그 일이 사실이었다.

　히로시의 아빠는 누구에게, 어디로 끌려간 걸까? 어떻게 되는 걸까?

　히로시가 갈라진 목소리로 말했다.

　　　트로이메라이

"아빠는 병을 앓고 있었어. 어젯밤에 아빠가 먹은 약 알루미늄 포장지가 떨어져 있어서 조사해 보고 알았어. 심각한 병이야. 몸이 꼬챙이처럼 앙상했으니까. 사실은 이미 우동도 먹지 못할 정도였는데. 아빠는 우동을 잔뜩 삶아서 나한테 먹으라고, 많이 먹으라고 웃으면서……. 아빠는 아마도 이제 살아서는 이 집에 돌아오지 못할 거야."

밤이 다가오면서 집 안은 점점 어두워졌다. 냉방이 너무 세서 방이 추웠다.

나는 시로와 소라타가 보고 싶었다. 그 둘이 있으면, 말을 걸며 쓰다듬어 주면 어떤 때라도 안심이 됐는데.

하지만 그 둘은 멀리 떠나고 말았다.

"어째서……."

나는 나직하게 중얼거렸다.

"어째서 이렇게 된 거야? 대체 누가 전쟁 같은 걸 하고

싫어 하는 거야?

틀림없이 사막 나라의 사람들도, 로봇들도 전쟁 같은 건 하고 싶지 않을 거야. 누가 전쟁을 하기로 정한 거야?"

"……일본인 모두인지도 모르지. 이번 전쟁에서 싸우는 모든 나라의 국민인지도 몰라."

"아니야. 나는 그런 건 몰라. 우리 아빠도 전쟁은 싫어해."

"어른들 모두가 원했다고 할 수 있지 않을까? 나라가 어떻게 움직일지는 국민이 다 같이 결정하는 문제니까. 과거에도 몇 번이고 일본이……, 다른 나라들이 전쟁을 하지 않도록 미래를 바꿔갈 수 있었을 거야. 지금의 어른들이 게으르다든가 이미 틀렸다는 건 아니지만……. 아마 그건 어려운 일이었을지도 모르지만 전쟁을 하지 않는 미래를 만드는 것도 가능했을지도 몰라.

　왜냐하면 과거에 일어난 어떤 전쟁도 '만약 이때 이렇게 했으면 전쟁을 할 필요는 없었을 것이다'라는 선택이 있기 마련이니까.

　어른들은……, 우리 아빠도 포함해서 그 선택을 어디에선가 잘못한거야."

　나는 고개를 숙였다. 지금의 어른들은 잘못된 방향으로 나아가는 미래를 만들고 말았다. 하지만 그것은 이미 막을 수가 없다. 나는 그날 아빠가 울먹이던 눈을 떠올렸다. 슬프고 분하고 괴로워 보이는 눈이었다.

　잘못된 방향으로 달리기 시작하면 더는 미래를 바꾸지 못한다. 소용돌이 속에 갇힌 사람들이 아무리 그것을 원하지 않더라도. 거부하려고 해도 쓸려가고 만다.

　"……나는 갈 거야."

　새카만 어둠에 잠긴 방에서 갑자기 히로시가 잠옷 차림으로 일어섰다.

　"가다니, 어딜 가려고?"

　히로시는 방을 나섰다. 엘리베이터로 향했다. 나는 황급히 뒤를 따랐다.

　저녁 노을이 진 거리는 건물 전광판과 도로를 달리는 자동차 불빛으로 보석상자 내용물을 흩어놓은 것 같았다. 평소와 똑같은, 옛날부터 변함없는 풍경. 이대로 집으로 돌아가면 시로와 소라타가 있고, 조금 있으면 아빠가 "아빠 왔다" 하고 회사에서 돌아올 것 같은, 그런 기분이 드는 야경이었다.

　나는 아파트를 돌아보았다. 하지만 지금은 이미 그 집엔 아무도 없다.

　걸으며 히로시가 말했다.

"……타임머신을 보러 갈 거야."

"뭐?"

"아빠가 어젯밤에 그랬어.

대학교 부지 한쪽 구석에 있는 실험용 숲 안쪽에 비밀 오두막이 있대. 그 지하에 연구실이 있는데, 거기서 줄곧 만들어오던 타임머신을 간신히 완성했대. 아빠가 어젯밤에는 많이 취했었으니까 농담이었는지도 모르지만 정말인지 아닌지 보러 가려고."

히로시는 고개를 들고 앞을 보며 걸었다. 입술을 꾹 깨물고 있었다.

나는 조용히 히로시를 따라갔다.

혼잣말하듯 히로시가 말했다.

"만약에 타임머신이 있다고 하더라도, 이미 무서운 사람들이 찾아내서 어딘가로 가져갔을지도 모르지만."

　눈동자에 불안스러운 빛이 일렁였다. 나는 히로시의 어깨를 손으로 감쌌다. 틀림없이 괜찮을 거라고 다독여 주기 위해서. 시로와 오빠가 곧잘 그렇게 해주었다.

　히로시는 깜짝 놀라서 돌아보더니 "고마워" 하고 웃었다.

　우리는 길을 서둘렀다. 역 앞에서 대학교로 가는 모노레일을 타고 히로시네 아빠가 근무하던 대학교에 도착했다. 커다란 학교였고, 시간도 어른들에게는 아직 이른 시간이었으므로 건물에는 불빛이 켜져 있었다. 문도 열려 있어서 우리는 캠퍼스 안으로 들어갔다. 하늘에는 둥근 달이 떠 있었다.

　캠퍼스는 넓었다. 걷다가 슬슬 지쳐갈 때 쯤 숲이 보였다. 그리고 숲 속에 작은 건물이 있었다.

트로이메라이

　불빛이 켜져 있지 않은 어두운 건물의 굳게 잠긴 문을 히로시가 가지고 있던 카드로 열었다. 건물 안은 휑뎅그렁하고 곰팡내가 났다. 판자와 종이 다발과 책과 온갖 도구가 어지럽게 쌓여 있었다. 히로시는 바닥에 엎드려 한곳에 있는 것들을 치우기 시작했다. 나도 거들었다. 창문으로 들어오는 달빛이 눈앞을 어둑하게 비추었다.

　마치 이야기 속에나 나오는 것처럼 문이 나타났다. 히로시가 이번에도 카드로 문을 열었다.

　계단 밑에 지하실이 있었다. 무언가 커다란 기계가 있었다. 우리가 들여다보자 방 안에 어스름한 불빛이 켜졌다.

　"……타임머신."

　히로시가 갈라진 목소리로 중얼거렸다.

　우리는 계단을 내려가 가만히 기계로 다가갔다. 비행기 조종석만 떼서 가져다놓은 것 같은 묵직한 금속 덩어

리에는 연도가 적힌 눈금과 레버가 있었다.

나는 아플 정도로 가슴이 쿵쾅쿵쾅 뛰었다. 대단해. 마치 이야기 속으로 들어온 것 같았다. 정말로 타임머신을 만들어낸 것이다.

히로시가 떨리는 손으로 레버를 잡았다.

"……아직 실험 단계라고 했어. 아직 아무도 써본 적은 없대. 하지만 이론상으로는 시간의 저편으로 갈 수 있을 거랬어."

그리고 히로시는 결심한 듯이 말했다.

"나는 과거로 갈 거야. 가서 미래를 바꿀 거야."

"미래를?"

히로시의 눈이 나를 물끄러미 보았다. 목덜미가 떨리고 있었다. 다짐하듯이, 말했다.

"과거의 세계로 날아가서 거기서 어른이 될 거야. 올바

트로이메라이

른 선택을 할 줄 아는 어른이 될 거야. '이대로 계속 가면 전쟁을 하는 미래가 온다'는 걸 나는 아니까 그렇게 되지 않도록 일본을 지켜볼 수 있을 거야. 2000년부터 2010년 사이 정도로 갈 거야. 그때까지라면 일본은 아직 평화롭고 자유로웠던 것 같으니까. 나는 거기서 반드시 미래를 바꾸기 위해 힘을 보탤 거야."

"히로시, 이 기계는 정말로 움직이는 거야?"

"움직이지……, 않을지도 몰라. 사고가 나면 시간의 틈 바구니에서 길을 잃고 미아가 될지도 몰라. 기계가 폭발해서 죽을지도 모르고."

나는 히로시의 팔을 잡았다.

"그런 말은 하면 안 돼. 죽는다느니, 미아가 된다느니."

미소 짓는 히로시의 눈에 눈물이 고였다.

"그래도 나는 갈 거야. 아빠라면 틀림없이 지금 같은

상황에서 과거로 갈 테니까."

"그럼 나도 갈래."

생각과 동시에 입에서 튀어나왔다.

히로시는 눈이 튀어나올 듯이 놀랐다.

"위험해. 정말로 시간 여행에 성공하더라도 나는 옛날 일본으로 가는 거야. 그 세계에는 아는 사람도 아무도 없고, 거기서 어른이 될 거라 지금 시대의 일본과는, 이 마을과는 작별해야 하는데?"

"가서 못 돌아와도 괜찮아."

나는 우겼다. 이곳에는 이미 내가 돌아갈 집이 없다.

그리고 이제 곧 여름이 온다. 타오르는 여름. 언제나 가족의 보호를 받으며 겨우겨우 넘겨온 여름이. 나는 아마도 올해 여름은 넘기지 못할 것이다. 비록 언젠가 가족들이 전쟁터에서 살아 돌아오더라도 나는 틀림없이 그들

트로이메라이

을 맞이해 주지 못할 것이다.

나는 환하게 웃어 보였다.

"같이 가자, 히로시. 혼자보다 둘이 가면 더 잘 풀릴지도 몰라. 그리고 틀림없이 그 편이 외롭지 않을 거야.

나는 이러니저러니 해도 사실은 그냥 시원한 곳에 가고 싶은 건지도 몰라. 봄에 해바라기가 아니라 벚꽃이 피는 시대에 사는 게 어릴 때부터의 소원이었거든."

시로와 소라타, 아빠가 전쟁터로 가지 않아도 되는 미래를 만들고 싶었다. 그리고 가능하면 이렇게 잔인하도록 무덥지 않은 세계를.

인간에게는 지혜와 언어의 힘이 있다. 이런 무더운 미래로 접어들지 않도록 할 수 있는 분기점도 틀림없이 어딘가에 있을 것이다.

우리는 이야기 속에 나오는 '평행 우주'를 만들러 간

다. 이곳과는 다른 미래를 가진, 또 하나의 세계를 만들기 위해 날아간다.

　물론 우리 힘만으로는 힘들겠지만, 과거 세계에서 친구를 많이 만들고 모두의 지혜와 힘을 모으면 어떻게든 될지도 모른다. 그런 모험 이야기는 많이 있잖아?

　나와 히로시는 서로 마주 보고 손을 포개어 같이 레버를 당겼다.

　위잉. 발밑이 회전하는 것 같은 기분이 들었다.

　빛이, 보였다.

벚나무 밑에서

Under the Cherry Blossom Tree

오랜만에 유리가 돌아왔다.

"나 왔어, 사쿠라. 여전히 뽀얗고 예쁘네."

현관으로 마중 나간 내 머리와 목을 다정하게 쓰다듬어 주었다.

"넌 나이를 먹어도 귀엽구나."

나도 알아. 그런데 유리도 그래.

나는 마음속으로 그렇게 말하고 현관에서 목을 골골거리며 유리를 올려다보았다.

유리는 나와 똑같은 열다섯 살이다.

얼굴을 보는 게 몇 년 만이지? 학교가 시립이라 멀어서 집에는 자주 오지 못하게 됐다. 만날 때마다 점점 더 커지는 것 같다. 키가 자라서 어른 같아졌다.

안에서 할머니들이 어서 오라고 유리를 반기며 나왔다. 모두 기뻐 보였다. 오늘은 섣달 그믐날. 이 집에 할머

벚나무 밑에서

니 친척들이 모이는 날이다.

유리가 어른이 다 됐다고, 할머니와 친척들이 감탄을 쏟아냈다. 나도 끄덕끄덕했다. 하얀 꼬리를 바짝 세우고.

짐을 들고 집 안으로 들어온 유리의 발에 나는 가만히 머리를 비볐다.

유리. 10년 전에 처음으로 이 집에서 만났을 때 나는 다섯 살이었다. 유리도 다섯 살이었다. 나이는 같아도 나는 고양이고 유리는 인간이므로, 이미 어엿한 어른인 내가 어린 유리의 언니 같았지. 그때도 섣달 그믐날이었다. 눈이 내리는 추운 밤. 내가 추위를 타는 어린 유리의 품에 안겨 따뜻하게 데워 주었지.

옛날 일을 떠올리고 목을 고르륵고르륵 울리고 있는데 할머니가 내 머리에 다정하게 손을 올리고 유리에게 말했다.

벚나무 밑에서

"사쿠라는 완전히 나이를 먹었어. 온종일 잠만 자. 이
래 봬도 사실은 이미 꼬부랑 할머니거든."

그런 말은 실례야. 나는 꼬리를 붕붕 휘둘렀다.

저녁때가 가까워질수록 할머니네 집 안은 어른들과 아
이들로 북적북적했다. 부엌에서는 엄마와 할머니들이 복
작거리며 음식을 했다. 아빠와 할아버지와 아이들이 음
식이 담긴 접시를 방으로 날랐다. 서로 인사하고 웃으며
술과 주스를 따르는 사람도 있었다.

텔레비전에서는 뉴스가 끝나고 연말 가요 대전이 시작
되었다. 음악이 나오고 웃음소리가 나오며 텔레비전 속
에서도 어쩐지 즐거워 보였다.

맛있는 냄새가 나는 음식이 코타츠와 접이식 테이블에
잔뜩 차려졌다.

나에게도 작고 예쁜 접시에 도미 회를 주었다.

섣달 그믐날은 맛있는 걸 먹는 멋진 날이다. 그리고 이 오래된 집에서 할머니를 중심으로 모여 다 같이 웃고 노는 근사한 날이다.

밥을 먹고 다 같이 상을 치우고 정리한 다음에는 자연스럽게 어른들은 어른들끼리, 아이들은 아이들끼리 나뉜다. 해마다 늘 똑같다. 어른들은 담배를 피우거나 차나 술을 마시며 어른들의 이야기를 한다. 아이들은 코타츠 앞에 앉아 귤을 까먹거나 과자를 먹으며 카드놀이를 하곤 한다.

열다섯 살이 된 유리는 어느 그룹에 끼면 좋을지 고민하는 표정을 잠깐 지었다. 그러더니 어느 쪽에도 끼지 않고 툇마루로 나갔다.

나는 그때 코타츠 이불 위에서 몸을 웅크린 채 꾸벅꾸벅 졸다가 발딱 일어나 유리의 뒤를 따라 나갔다.

유리는 안뜰로 이어진 유리문을 열고 슬리퍼를 신고 밖으로 나갔다. 춥다고 하면서 정원의 판판한 돌 위에 섰다.

나는 그 옆으로 폴짝 내려갔다. 유리는 내가 정원으로 나오기를 기다렸다가 조용히 유리문을 닫았다. 웃을 때의 숨결이 하얬다.

유리는 하늘을 올려다보았다.

"별이 정말 예쁘다. 오리온자리의 대성운이 보여. 이 동네는 하늘이 맑으니까."

저기 봐, 하며 유리는 나를 안아 올렸다. 어릴 때와 달리 가볍게 들어 단단하게 안아 주었다.

예전에 들은 적이 있다. 유리는 우주 비행사가 될 거라고 했다. 어른이 되면 하늘을 나는 사람이 된다고 했다. 나는 잘 모르겠지만, 인간은 어른이 되면 하늘을 나는 사

벚나무 밑에서

람이 될 수도 있나 보다.

유리의 아빠도 하늘을 나는 사람이었다. 하지만 사고로 비행기가 떨어져서 죽고 말았다. 훨씬 더 오래전에 할머니의 오빠도 비행기를 타다 죽었다고 한다. 옛날에는 하늘을 나는 사람들이 많이 죽은 시대가 있었다고 한다.

나는 유리에게 얼굴을 비볐다. 유리가 하늘을 나는 사람이 되면 새처럼, 하늘을 올려다보면 유리도 보일까. 하늘을 나는 건 좋지만 죽지는 말았으면 좋겠다.

유리는 "요 어리광쟁이" 하고 웃으며 나를 끌어안았다. 냄새도 온기도 어릴 때와 똑같았다. 그래서 나도 옛날과 똑같이 유리를 따뜻하게 품어 주었다.

내가 죽으면 할머니는 벚나무 밑에 묻어주겠다고 했다. 지금까지 이 집에서 살았던 수많은 고양이들처럼. 사실은 그 날이 가까워진 것 같은 기분도 조금 든다.

벚나무 밑에서

만약 유리가 하늘을 날게 되면 나는 벚나무 밑에서 유리를 올려다봐야지. 그러니까 유리, 하늘을 나는 사람이 되더라도 섣달 그믐날에는 꼭 날 만나러 와야 해.

　고르릉고르릉 목을 울리자 유리는 팔로 다시 한 번 다정하게 나를 꽉 끌어안아 주었다.

벚나무 밑에서

가을 축제

Autumn Festival

산속 도로 가의 덤불 속.

차도 거의 다니지 않을 것 같은 곳에, 어느 가을날 낡은 오하나사마와 오다이리사마, 세 궁녀*가 버려졌습니다.

그 근처는 이따금 누군가가 몰래 쓰레기를 버리러 오는 곳이었습니다. 망가진 텔레비전과 낡은 소파, 더는 입지 않는 옷 같은 것들과 함께 낡은 기모노를 입은 인형들이 버려져 있었습니다.

실은 예로부터 슬픈 일을 당한 인형은 보름달 달빛을 천 번 받으면 영혼이 깃든다고 합니다. 버려진 인형들에게도 어느 날 하나하나씩 영혼이 깃들었습니다.

• 역주: 일본에는 3월 3일에 집안에 하나 인형을 장식하는 히나마츠리라는 풍습이 있다. 왕(오다이리사마)과 왕비(오히나사마), 궁녀를 비롯한 인형들을 장식해 여자아이의 건강과 행복을 기원한다.

"참으로 쓸쓸하구나."

오히나사마는 녹슨 금관을 흔들며 달빛을 올려다보고 한 줄기 눈물을 흘렸습니다.

오히나사마는 여자아이가 행복하게 자라기를 기원하며 집에 들이는 부적 같은 인형입니다. 오히나사마 입장에서 보면 그 집의 여자아이는 소중한 보물이자, 가족이나 친구와 마찬가지입니다. 그런데 더는 필요 없다고 버려졌으니 그보다 슬픈 일이 어디 있겠어요.

"딱하기도 하시지."

세 궁녀가 저마다 기모노 옷소매로 눈가를 찍었습니다.

"다른 사람도 아닌 마마께서 이런 들판에서 비바람을 맞게 되시다니."

"하다못해 지붕이 있는 곳으로 모실 수 있다면 좋으련만."

눈매가 길쭉한 오다이리사마가 걱정스러운 듯이 오히나사마에게 물었습니다.

"어떻게 하면 좋겠소? 우리는 비록 인형의 몸이나 이렇게 혼령이 깃들어 자유롭게 움직일 수 있게 되었소. 돌아가려고 하면 그리운 집으로 돌아갈 수 있을지도 모르오. 인형의 다리로 시간이 얼마나 걸릴지는 모르나, 다행히 우리는 인형인지라 먹고 마시지 않아도 되고 잘 필요도 없지 않소. 그렇다면 아무리 긴 여로라도 언젠가는 그리운 집에 도착할 수 있을 게요."

"아니 됩니다."

오히나사마는 고개를 가로저었습니다.

"돌아갈 수는 없어요. 우리는 이미 필요 없다고 버려진 몸입니다. 이제 와서 어찌 돌아가겠습니까?"

"그럼 이제 어쩌면 좋겠소?"

"글쎄요."

오히나사마는 또다시 달을 올려다보았습니다.

이윽고 말했습니다.

"그건 천천히 생각해 봐도 되지 않겠습니까. 무엇보다 우리는 인형이니 죽지도 않지요. 앞으로의 일을 고민하기에는 무한한 시간이 있지 않습니까."

그리하여 오히나사마 일행은 여행을 떠났습니다.

마을에서 멀리 떨어진 깊은 산속 쓰레기장에 계속 머물기는 싫었고, 낡았지만 소중한 옷과 저마다 손에 든 도구가 비바람을 고스란히 맞아 이 이상 더러워지는 것도 싫었습니다.

무엇보다 인간이 곁에 없어 쓸쓸했습니다.

자고로 인형은 인간을 위해 만들어진 것이라 인간을 진심으로 좋아합니다. 사람 목소리가 들리는 곳에 있고

가을 축제

싶다고, 인형들은 생각했습니다.

인기척을 찾아 산속을 헤매다 보니 인형들의 옷은 더욱 더러워졌고, 덤불에 걸려 찢어지기도 했습니다. 그럴 때면 인형들은 울고 싶어졌지만 그보다도 외로움이 더 힘겨웠습니다.

그러던 어느 날이었습니다. 인형들은 작은 마을에 도착했습니다.

마을에는 아무도 살지 않는 것 같았습니다. 인형들은 몰랐지만 그 마을은 사람들의 기억에서 잊혀져가는 곳으로, 지금은 사는 사람도 거의 없었습니다. 잡초의 파도에 삼켜지는 것도 시간문제였습니다.

인형들은 망연자실하며 한 채 한 채 집 안을 살폈습니다. 아무도 안 계십니까, 하고 외치려다 간신히 참았습니

가을 축제

다. 말하고 움직이는 인형을 보면 겁에 질릴지도 모릅니다. 싫어하거나 미워할지도 모릅니다.

이제 자신들은 아무리 인간을 좋아해도 그들의 눈앞에 나서지 못하는 존재가 되었다고, 인형들은 눈물지었습니다.

그래도 사람의 기척을 느끼고 싶어서 집 창문 틈 사이로 집 안을 살피고 벽에 귀를 가져다대고 목소리를 들으려고 애쓰는 사이에, 인형들은 어느 집에서 혼자 사는 할머니를 발견했습니다.

할머니는 혼자서 이불을 깔고 자고 있었습니다. 어쩐지 몸이 괴로워 보였습니다. 열이 있는 듯했습니다. 머리맡에 놓여 있는 세숫대야에 얼음이 거의 녹은 얼음물이 담겨 있고 손수건이 적셔져 있었지만, 이 집에는 할머니외에는 인기척이 없었습니다. 눈을 감고 있는 할머니의

이마에는 열 때문에 마른 수건이 올려져 있었습니다. 혼자 이불 속에서 자면서 스스로 이마의 열을 식히고 있었는지도 모릅니다.

"딱하기도 하지."

오히나사마는 나직하게 중얼거리고 소중한 기모노 소매를 얼음물에 적셔 할머니의 이마에 올려 주었습니다. 작은 소맷자락은 금방 말랐으므로 몇 번이고 되풀이했습니다. 세 궁녀는 저마다 손에 든 도구로 얼음물을 떠 자기들의 소매를 적시고 오히나사마와 똑같이 따라했습니다. 오다이리사마는 오히나사마의 부채를 빌려 할머니의 이마에 부채질을 해 주었습니다. 쉬지 않고 계속했습니다.

인형들은 만약 이러다 들켜 할머니가 겁을 먹어도 어쩔 수 없다고 생각했습니다. 그저 혼자 외롭게 잠든 할머

니가 몹시 가여웠습니다.

밤이 깊어졌다가 동이 틀 무렵, 세숫대야의 물도 완전히 미지근해졌을 때, 할머니가 눈을 떴습니다.

인형들은 그 순간에도 여전히 할머니의 이마를 식혀주고 있었기 때문에 움직이는 모습을 고스란히 들키고 말았습니다.

할머니는 열이 내린 자신의 이마에 손을 짚고 깜짝 놀란 듯이 웃었습니다.

"세상에, 이게 꿈이야, 생시야? 내가 오히나사마의 간병을 다 받아 보다니."

할머니는 자신의 곁에 있는 인형들에게 웃으며 인사했습니다. 고마워, 덕분에 많이 좋아졌어, 하고요.

오히나사마는 머뭇머뭇하며 물었습니다.

"움직이고 말하는 인형이 무섭지 않습니까?"

"전혀."

할머니는 고개를 가로저었습니다.

"나는 어릴 때부터 인형을 정말 좋아했거든. 인형과 이야기를 할 수 있으면 얼마나 좋을까 하고 생각한 적도 있었단다. 정말이야, 셀 수도 없을 정도라니까. 그게 꿈이었는지도 몰라."

이 나이가 되어서 오랜 꿈이 이루어지기도 하는구나, 하고 말하며 할머니는 생긋 웃었습니다.

내성적이라 다른 사람들과 잘 어울리지 못하고 유일하게 인형이 친구였던 소녀가 이윽고 어른이 되어 결혼해 자식까지 낳았지만, 세월이 흐르는 사이에 언제부턴가 혼자 이 집에서 살게 되었습니다. 할머니는 그런 사람이

 가을 축제

었습니다.

그리고 할머니는 어릴 때부터 마법이나 기적이나 신비
로운 현상의 존재를 믿었던 사람입니다. 언젠가는 틀림
없이 자기 앞에 신비로운 세계로 이어지는 문이 열리는
날이 올 거라고 믿었습니다.

그날을 계속 기다리고 있었습니다.

할머니는 어릴 때 친구였던 인형들에게 해줬던 것처럼
히나 인형들에게도 새 옷을 지어 주었습니다.

인형들은 기뻐서 저마다 기모노 옷소매가 나부끼도록
춤을 추었습니다.

늦가을의 어느 오후였습니다. 창밖에는 알록달록 물
든 나뭇잎이 팔랑팔랑 떨어지고 그 옆을 지나가는 새끼
다람쥐가 신기한 듯이 창문 너머에서 집안을 기웃거렸

습니다.

　할머니는 춤추는 인형들을 지켜보며 손으로 박자를 맞
춰 주었고, 그 모습은 계절 지난 히나마츠리처럼 즐거워
보였습니다.

　작가 중에는 이른바 '장편 타입'과 '단편 타입'이 있다고들 합니다.

　저는 옛날부터 본인은 장편 타입이라고 생각해 왔습니다. 호흡이 긴 이야기 속에서 여러 캐릭터를 움직이고 기복이 많고 드라마틱한 구성을 짜는 것을 좋아하거든요. 실제로 아동서 전업 작가였던 시절에는 장편 모험담을 대표작으로 삼아왔습니다.

　하지만 독자로서는 단편도 좋아해서 곧잘 읽었습니다. 오 헨리, 사키, 레이 브래드버리, 호시 신이치, 아만 기미코……. 저 역시 의뢰를 받고 단편을 쓸 때도 있었습니다. 좋아했던 작품들을 덧그리듯이 한 작품 한 작품 즐거움 마음으로 써왔습니다. 하지만 단편은 책으로 나올 기회가 별로 없다 보니 설마 이렇게 아름다운 책으로 엮어 주시는 미래가 오리라고는 상상도 못했습니다. 『봄의 여행자』에 이어 근사한 책을 만들어주신 여러분, 화가 게미 님, 디자인 네모토 아야코 님, 릿토샤 담당 편집자 쿠누기 쇼우 님. 진심으로 감사의 말씀을 드립니다. 고맙습니다.

무라야마 사키

저는 일러스트레이터로서 지난 6년 동안 식당을 이미지하며 일을 받아 왔습니다. 지금 먹고 싶은 음식이 장르 불문하고 다양하게 나오는 맛있는 식당을 목표로 삼아왔습니다.

의뢰 받은 일 중에 잘하고 못하는 것은 있었지만 처음 보는 세상을 열어주신 작가 여러분 덕분에 다양한 메뉴를 제공할 수 있게 되었습니다.

그런 저의 20대 마지막 출판물로 참여하게 된 작품이 이 『트로이메라이』입니다. 독자 여러분도 무라야마 선생님의 따뜻한 세계 속에서 같이 즐겨 주시면 감사하겠습니다.

마지막으로, 다시 한 번 무라야마 선생님, 쿠누기 편집자님, 디자이너 네모토 님, 정말로 감사합니다.

게미

트로이메라이

2020년 3월 23일 1판 1쇄 인쇄
2020년 4월 2일 1판 1쇄 발행

원 작	무라야마 사키	
일러스트	게미	
옮 긴 이	이희정	
발 행 인	유재옥	
본 부 장	조병권	
담당 편집	이본느	
편집 1팀	정영길 김민지 조찬희	
편집 2팀	김다솜 이본느	
편집 3팀	박상섭 오준영 김효연	
디 자 인	강혜린 박은정	
라 이 츠	김슬비 한주원	
디 지 털	박지혜 이성호	
발 행 처	㈜소미미디어	
등 록	제2015-000008호	
주 소	서울시 마포구 토정로 222번지, 403호	
	(신수동, 한국출판콘텐츠센터)	
판 매	㈜소미미디어	
제 작	코리아피앤피	
마 케 팅	한민지	
물 류	허석용 최태욱	
전 화	편집부 (070)4245-5505, 4164-3960 기획실 (02)567-3388	
	판매 및 마케팅 (070)4165-6888, Fax (02)322-7665	

ISBN 979-11-6507-476-0 (04830)